OTRAS OBRAS DE SANDRA CISNEROS

Caramelo

El arroyo de la Llorona y otros cuentos

La casa en Mango Street

Loose Woman (poesía)

My Wicked Wicked Ways (poesía)

Hairs/Pelitos (libro infantil)

Vintage Cisneros

¿Has visto a María?

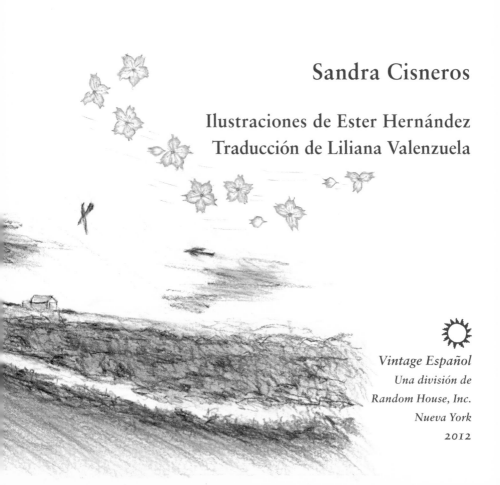

¿Has visto a María?

Sandra Cisneros

Ilustraciones de Ester Hernández
Traducción de Liliana Valenzuela

Vintage Español
Una división de
Random House, Inc.
Nueva York
2012

PRIMERA EDICIÓN VINTAGE ESPAÑOL, SEPTIEMBRE 2012

Para mis hermanos y...

Para aquellos sin madre, ni padre,
ni perro que les ladre.

Es entonces cuando te pregunto, mamá, mi madre, mi
corazón, mi madre, mi corazón, mi madre, mamá, la tristeza
que siento. ¿Ésa dónde la pongo?
¿Dónde, mamá?

—ELENA PONIATOWSKA,
La flor de lis

¿Has visto a María?

El día en que María y Rosalinda llegaron de visita desde
Tacoma fue el día en que María
se largó.

Les había tomado tres días
manejar hasta San Antonio, y María
había chillado todo el camino.

Yo también tenía ganas de chillar y de largarme. Mi mamá había muerto unos meses antes. Yo tenía cincuenta y tres años y me sentía como una huérfana.

Era una huérfana.

Todos los días me despertaba y me sentía como un guante abandonado en la estación de autobuses. No sabía que me sentiría así.

Nadie me dijo.

Me había estado escondiendo
en mi casa a partir de entonces.
La mayoría de los días ni siquiera
me peinaba y la mayoría de los días
ni me importaba. Solo pensar en
hablar con la gente me hacía sentir
mareada.

Y ahora Rosalinda estaba aquí y
María había desaparecido,
y yo era la única persona que
Rosalinda conocía en todo Texas.
Me puse los zapatos y tomé las
llaves de mi casa.

⭐ Seguí a Rosi por arriba y por abajo de las calles de mi barrio y por las dos orillas del río San Antonio.

Les preguntamos a los vecinos.

Pusimos volantes.

¿HAS VISTO A MARÍA?

★ REWARD ★ RECOMPENSA ★
★ LOST CAT ★ GATA PERDIDA ★
BLACK & BLANCA ★★ WHITE Y NEGRA
Se ve como si
llevara puesto un frac
CALL / LLAME: 210 555-0107

—¿Has visto a María?

El reverendo Chavana, que vive
enfrente, dijo que no había visto ningún
gato nuevo en el barrio, pero agregó
mientras se alejaba en su coche: —¡Lo
pondré en mi lista de ruegos a Dios!

—¿Has visto a María?

Mi vecino David, el vaquero, llegó
a almorzar a su casa, su camioneta
chisporroteando como las fiestas patrias,
igual que siempre. —Podemos ir a buscarla
a caballo por el río —dijo—. Pero mi
chamaco viene este fin de semana. ¿Podrían
esperarse hasta la semana que entra?

—*¿Has visto a María?*

Mi vecina Carolina
se acercó a la reja de su jardín
delantero con su
yorkie ladrando a sus pies.

—Ay, ay, ay —dijo—.
Se me rompería el alma
si perdiera a mi Coco.

Ella conocía el quebranto.
Tanto su hermano como
su madre habían muerto
dentro del mismo año,
dejándola completamente sola.

—¿Has visto a María?

Al otro lado de la calle, bajo la sombra de un nogal enorme, la viuda Helena estaba sentada en la banqueta castigando a la mala hierba.

—No puedo ver gran cosa hasta que me quiten las cataratas —dijo—. ¿Les gustaría tomar una soda Big Red?

—¿Han visto a María?

En la casa azul de enfrente, Rogelio y Guillermo interrumpieron su trabajo de jardinería el tiempo justo para leer el volante y negar con la cabeza. Guillermo había perdido a su hijo mayor varios *Thanksgivings* atrás, y la hermana de Rogelio estaba de nuevo en el hospital con cáncer. —No hemos visto nada —dijeron, pero yo sabía que habían visto suficiente.

Bajando la cuadra donde Steiren
se topa con Guenther, un padre
de familia recortaba un arbusto
de lantana, sus dos hijas
colgadas boca abajo del
barandal del porche como
tlacuaches.

★ —¿Han visto a María? ✦

La mayor de ellas arrancó el volante de las manos de
su papi antes de que él pudiera siquiera leerlo.

—¿Cuánto dan de recompensa?
—preguntó ella de cabeza.

—Cien dólares —dije, inventando
la cantidad en ese instante.

—¡Cien dólares!—. Un niño que iba volando en su
bicicleta se estampó contra el matorral
de lantana, con bici y todo.

La niña más pequeña saltó del porche y le llevó el
volante a su gato. —Pelusa, ¿has visto a este minino?

Pelusa olfateó el volante, pero no
pudo o no quiso decir.

Caminamos por las casotas como pasteles de boda de King William Street y más allá, hasta el puente peatonal O. Henry, el pasadizo rebotando y traqueteando bajo nuestras suelas. A medio camino nos detuvimos a mirar el cielo y las nubes flotar en el agua. Una mamá deportista trotaba empujando a su bebé en una carriola.

—*¿Has*

visto

a . . . ?

Nuestras voces hicieron eco contra la piedra y el metal. La mamá desapareció de vista antes de que pudiéramos siquiera terminar.

En un almez que brindaba sombra al Acapulco Ice House, una ardilla daba coletazos como una ama de casa sacudiendo un trapo empolvado.

—¿Has visto a María?

La ardilla se nos quedó mirando con
sospecha, como si fuéramos a robar su botín
secreto de nueces.

—Bueno, pues... avísanos si sabes de algo.

Caminamos por callejones, machacando grava al pisar. Hablamos entre barrotes de rejas con gente que se disponía a asar carne, el aroma a mezquite y fajitas recordándonos que aún no habíamos almorzado.

Allá en Adams Street, interrumpimos la reunión
dominical de la familia Ozuna.

—¿Qué, qué, qué? —dijo la abuelita Ozuna.

—Buscan a un gato, Yaya.

—¿Un zapato?

—No, Yaya, un gato.
Un gato. ¡GATO! —le
gritaron al oído.

—¿Plato? No, ya tengo
plato, mija.

Pobre abuelita Ozuna.
Había perdido más que
un gato.

—¡María, María!

Gritamos en el entrepiso lodoso bajo las casas,
en la rendija húmeda entre puertas de garaje,
bajo el yeso descascarillado y la madera suelta
como dientes podridos. Enviamos nuestras voces a
lugares demasiado peligrosos como para ir nosotras
mismas. Más allá de callejones de grava, dentro de
rincones oscuros y pegajosos con telarañas, entre
los tablones del piso de los porches, dentro de la
boca de pasillos espantosos. Pero nada ni nadie
nos respondió.

En Cedar, seis pequineses man-
dones y un terrier japonés de ojos
tristes y acuosos arrojaron sus
cuerpos con furia contra la reja de
alambrado.

—*¿Han visto a María?*

Pero ellos solo ladraron por encima de
nuestras voces, excepto el terrier que no
dijo nada, pues le daba pena no estar de
acuerdo con sus amigos.

En una casa recién pintada por South Saint
Mary's, un señor mayor vestido de blanco como
un pintor me apretó la mano varias veces y
sonrió mirándome a los dientes. —Perdí a mi
esposa hace tiempo. Disculpe la pregunta,
pero... ¿es usted casada?

Un muchacho que trabajaba en el Ay
Tú Car Wash dijo que no había visto a
nuestra María, pero nos pidió que si por
favor no podríamos buscar una gata blanca
llamada Luna. Prometimos avisarle si nos
topábamos con ella.

Rosi y yo apachurramos volantes en las perillas de las puertas; los enroscamos dentro de los garigoles de metal de las rejas; los sujetamos debajo de los limpiaparabrisas, atrapándolos como ratoneras; los engrapamos a postes de teléfono y rejas.

Detuvimos a un hombre con barba que iba en su silla de ruedas recolectando latas vacías de los recipientes de reciclaje de casas en Mission Street. Tomó nuestro volante y dijo: —Híjole, siento mucho lo de su gato. Una vez perdí a mi gato y lloré como un niño—. Bastaba con mirar sus desteñidos ojos azules para saber que probablemente era cierto.

La vecina Luli pasó por ahí con
sus mascotas siguiéndola en
una sola fila como si fuera
un desfile: un gato, un
chihuahua y un perro
gordo como un oso
pardo. Luli ha sido testigo
de demasiadas pérdidas en
esta vida y tiene una lágrima
grabada cerca del ojo izquierdo
para demostrarlo, pero no, no había
visto a María.

—¿No es una lástima perder a
un ser querido?

◊

—Así es —coincidí y,
al decirlo, sentí como si alguien
hubiera exprimido
mi corazón.

El día entró en calor. Nuestras coronillas se sentían suaves como el chapopote. En San Arturo Street una abuela que regaba sus rosales sedientos nos dijo que no, no había visto a María.

—Si no es molestia, ¿podría regarnos a nosotras, por favor?—. Señalamos nuestras cabezas.

Así lo hizo la abuela, riendo mientras nos lanzaba un chorro de agua guango como una cuerda de saltar.

En una casa victoriana llena de encajes en Barrera Street, nos detuvimos a platicar con una mujer bonita como una sirena. Se mecía en el columpio del porche tejiendo algo morado.

Pensé en mi madre y en cómo le gustaba tejer bufandas feas que nadie se quería poner.

En ese momento quise tener una de esas bufandas feas, y la nariz me empezó a cosquillear.

Bajo la sombra de la Torre de las Américas, en una casa de madera en Refugio y Matagorda, una pareja agradable que comía en su porche nos invitó a rebuscar entre su bambú. Allí vivía una familia de gatos salvajes, pero los gatos no quisieron responder cuando les preguntamos si habían visto a María, excepto por uno gordo gris con ojos como salpicaderas que enroscó la cola en forma de signo de interrogación. Salimos de allí cargando platos de papel con rebanadas de carne asada, frijoles, ensalada de papa y unos vasos de té helado.

Afuera de las puertas de Torres Taco Haven,
alcanzamos a Juan el cartero, quien sabe
todo de todo en el barrio. Juan dejó resbalar
su bolsa postal del hombro, se reajustó la gorra
y luego anunció: —No, no puedo decir que
haya visto a ningún gato blanco y negro. Pero
sé de una mujer en Beauregard cuyo gato
acaba de tener gatitos.

—*¿Has visto a María?*

Ana la artista vive junto a la gasolinera. La encontramos sembrando narcisos blancos en memoria de su madre en su jardín delantero. No nos dijimos mucho, pero eso lo dijo todo.

—*¡María, María!*

Llamamos arriba hacia los árboles.
Anduvimos a gatas y nos asomamos debajo
de coches estacionados. Caminamos detrás
de casas y dentro de jardines abandonados
que nos arañaban las piernas.

Pero no encontramos a
María por ningún lado.

En una casita en Claudia Street con un nicho de la
Virgen de Guadalupe en el jardín delantero, mujeres
plateadas en sus años plateados reían como campanas.

Por un instante me sentí mejor.

—Que la Virgen las acompañe, mis reinas, y
también a su gatita.

—María, María —gritábamos,
pero por dentro mi corazón resollaba:
—*Mamá, mamá.*

El cielo suspiró y se amargó como
un moretón. El viento hizo girar los
volantes que habíamos dejado en
círculos secos y calientes, y unas
gototas tristes de lluvia comenzaron a
caer como diciendo: —Dolor, dolor.

—Oh, María —dijo Rosalinda
en voz alta— te extraño.

Yo no dije nada,
pero tragué saliva.

Una mujer llamada Beverly nos gritó desde su casa en la esquina de Crofton, la que tiene cinco palmeras. —Oigan, ¡creo que encontré a su María!

—¡Aleluya y amén! Bendito sea el reverendo Chavana —dijo Rosalinda.

Pero cuando fuimos a ver, se trataba de un gatote macho de cara blanca y cuerpo negro. ¿Quién se hubiera imaginado que había tantos gatos de frac en el barrio?

—Ay, querida —dijo Beverly—, cuánto lo siento —y abrazó a Rosalinda. Me dieron ganas de pedirle un abrazo también.

La noche olía a zorrillo y jazmín.

Rosalinda dejó escapar un: —¡Piedad!

Anduvimos y anduvimos y no dijimos
nada, nuestras largas sombras siguiéndonos
lentamente como si estuvieran cansadas.

En una casa como un ojo morado, embrujada por enredaderas olvidadas, una camioneta se hundía bajo el peso de unos refrigeradores. Se abrió un rendija en la puerta y una voz detrás del mosquitero roto dijo: —No puedo ayudarlas —y azotó la puerta antes de que pudiéramos decir a qué veníamos.

Una muchacha con un vestido de fiesta y
mangas de tatuajes se bajó de su camioneta
pickup y dijo que nos daría el número
del dueño de los apartamentos para que
pudiéramos buscar en el cobertizo de atrás.
—Tengo su número telefónico bajo un imán
en el refri. Ahorita vengo.

Desapareció en ese edificio triste en South
Presa, el que siempre tiene un foco encendido
y las puertas de atrás y de adelante abiertas
como un túnel de montaña. Pero nunca
regresó y no supimos a qué puerta tocar.

Alguien nos mandó con
la señora de los gatos
en Pereida Street al
otro lado de la tienda
Family Dollar, pero
no había nadie en casa
salvo once gatos que se
veían asustados cuando
les preguntamos por
María.

En Wickes Street, mi amigo Craig salió en calzoncillos a cuadros, su pecho pálido con brotes de pelo cano, la luz azul de las noticias en la sala y el olor a chuletas fritas.

—Estoy merendando, cariño. Luego vengo y las ayudo a buscar—. Pero luego vino y se fue y a él se le olvidó lo dicho.

Consultamos con la
vecina sabia Blanca
en Barbe Street.

—Pues, no he visto un gato exactamente, pero justo esta mañana soñé con una reja de hierro negra. ¿Significa algo para ustedes?

Nos encogimos de hombros y le dimos las gracias.

Las nubes oscuras iban a toda prisa. Las campanitas de viento repiquetearon. Los árboles sacudieron su desparpajada melena suelta. Rosalinda y yo acordamos separarnos y volver a encontrarnos en una hora, antes de que oscureciera demasiado y ya no pudiéramos ver. Rosalinda fue río arriba hacia el molino de harina. Yo fui río abajo hacia el granero Big Tex y la cervecería Lone Star.

El sol se ocultaba ya detrás de la autopista. Las urracas que se congregaban en los árboles llamaban:

—*¿María? ¿María? ¿María?*

Le pregunté al río:

—*¿Has visto a María?*

El río dijo: —Mamita, lo que tú nombres, yo lo he visto.

—¿Entonces la has visto?

—He visto de todo, corazón de melón. Todo, todo, todo, todo, todo... —continuó el río.

—Pero no entiendo qué quieres decir.

Había un algo en mi garganta. Sentí como si me hubiera tragado una cuchara. Puse la cara bajo el agua y lloré.

El río dijo: —No llores, mami. Me llevaré tus lágrimas y las acarrearé hasta la costa de Texas donde se mezclarán con las lágrimas saladas del Golfo de México, donde se arremolinarán con las aguas del Caribe, con el ancho mar llamado Sargazos, los caminos de agua del Atlántico, con las espirales y los remolinos alrededor del Cabo de Buena Esperanza, alrededor del sombrero llamado Patagonia, las aguas azules del Mar Negro y las aguas llenas de perlas alrededor de las islas de Japón, las corrientes de coral de Java, los ríos de varios continentes, el Egeo de la leyenda de Homero, el portentoso Amazonas y el sabio Nilo, los ríos abuelo y abuela del Tigris y el Éufrates, el gran río madre el arenoso Yangtze, el danzante río Danubio y por los estrechos de los Dardanelos, a lo largo del lodoso Mekong y el soñoliento Ganges, aguas calientes como sopa y aguas frías para los dientes, aguas que arrastran a villas enteras, aguas que se llevan a los muertos y aguas que traen nueva vida, lo salado y lo dulce entremezclado con todo, todo, todo, todo.

Alcé la cara del agua
y temblé.

A lo largo del río hay zorrillos, mapaches y tlacuaches, víboras y tortugas, cormoranes, grullas, mariposas, hormigas bravas y caracoles. Hay halcones en el cielo y escarabajos en la tierra. Pero ninguna María. Las tímidas estrellas salieron una por una y me miraron fijamente.

Allá en el recodo donde el río forma la "s" de una serpiente hay un charco lodoso. Un pequeño ojo de agua burbujea por debajo alimentando el río. Me senté en las raíces gigantes del antiguo ciprés tejano más ancho que trece personas tomadas de las manos, más grandioso que todas las casonas elegantes del barrio, más sabio que las casitas viejísimas con sus techos de latón ladeados, más bonito que cualquier casa de San Antonio.

Un árbol tan viejo que ha estado aquí
desde antes de que Texas fuera Texas.
Desde antes de que Tejas fuera Tejas. Desde
antes que yo y mi madre. Desde antes antes.

Y cuando el remolino en mi interior
se calmó, escuché las voces dentro de mi
corazón. *Tengo miedo. Estoy tan sola.*
Nunca he vivido en esta Tierra sin ti.
Entonces de veras sentí lástima por mí
misma y comencé a agitarme como las
ramas en la lluvia. *Madre, ma, mamáaaa.*

—Aquí estoy, mija —dijo el viento y me
revolvió los cabellos. —Aquí estoy, mija
—dijeron los árboles y me acallaron.
—Aquí estoy, mija —dijeron las nubes al
pasar rozando.

Y cuando cayó la noche, salió la luna
y me cobijó con su rebozo de estrellas:
—Aquí estoy, aquí he estado todo este
tiempo, mijita. —Ya, ya, ya —dijeron las
estrellitas riéndose. —Aquí estoy, aquí estoy
—dijeron, la luz iluminando mis huesos.

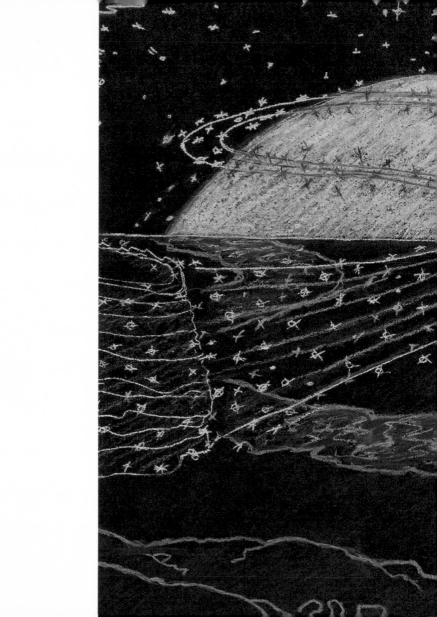

Después de tres días, cuando su corazón estaba liso como una piedra de río, María salió de debajo de la casa donde se había estado escondiendo y dijo: —Aquí estoy.

EPÍLOGO

En México dicen que cuando un ser querido muere, una parte de ti muere con ellos. Pero olvidan mencionar que una parte de ellos nace en ti, no de inmediato según he aprendido, sino con el tiempo y paso a paso. Es una oportunidad para renacer. Cuando te encuentras entre nacimientos, debería haber una forma de indicar a todos: "Cuidado, no soy como era antes. Frágil. Trátenme con cariño".

Vivo en San Antonio en la orilla izquierda de un río en un área de la ciudad llamada King William, o Rey Guillermo, famosa por sus casas históricas. Al sur de Álamo Street, más allá de King William propiamente dicho, el río San Antonio se transforma en un refugio silvestre a medida que se abre paso hacia las misiones españolas. Detrás de mi casa el río es más arroyo que río. Todavía tiene un fondo natural arenoso. Aún no lo han recubierto de cemento. Los animales silvestres viven entre los pastos altos y sus aguas. Mis perros y yo podemos vadear de un extremo a otro y mirar los renacuajos, las tortugas y los peces pasar velozmente por ahí. Hay halcones y grullas y búhos y otras espléndidas criaturas aladas en los árboles. Es tranquilizante y hermoso, sobre todo cuando estás triste y necesitas dosis grandes de belleza.

En la primavera después de que murió mi mamá, un doctor quiso recetarme pastillas para la depresión. "Pero si no siento —le dije— ¿cómo voy a poder escribir?". Necesito poder sentir las cosas profundamente, buenas o malas, y vadear a través de una emoción hasta la otra orilla, hacia mi renacimiento. Sabía que si demoraba mi paso por el dolor, el trayecto entre mundos solo tardaría más. Incluso la tristeza tiene su lugar en el universo.

Ojalá alguien me hubiera dicho entonces que la muerte te da la oportunidad de sentir el mundo entrañablemente, que el corazón se abre como la abertura de una cámara, captándolo todo, lo doloroso así como lo gozoso, sensible como la piel del agua.

Ojalá alguien me hubiera dicho que atrajera hacia mí los objetos de espíritu puro cuando me encontrara entre nacimientos. Mis perros. Los árboles a lo largo del río San Antonio. El cielo y las nubes reflejadas en sus aguas. El viento con su perfume a primavera. Las flores, sobre todo la compasiva margarita.

Ojalá alguien me hubiera dicho que el amor no muere, que podemos seguir recibiendo y dando amor después de la muerte. Esta noticia me es tan asombrosa aún ahora, que me pregunto por qué no relumbra al calce de la pantalla de televisión en CNN.

Escribí este cuento a raíz de una muerte, poco a poco. Una escritora que estaba aquí de visita había perdido a su gata. La verdadera María eludió su captura por más de una semana, pero buscarla me obligó durante esos días a conocer a mis vecinos, y así surgió la idea de este libro.

Algunas personas que me han escuchado leerlo en voz alta creyeron que era para niños, pero lo escribí para los adultos, porque había necesidad de algo para gente como yo que de pronto se quedan huérfanos en la madurez de la vida. Quería hacer algo que pudiera dar a quienes están de luto, algo que los ayudara a encontrar de nuevo el equilibrio y a caminar hacia su renacimiento. Debido a que he admirado su obra desde hace mucho y a que ella también perdió a su madre recientemente, supe que la artista Ester Hernández sería la persona indicada para esta colaboración.

Ester voló desde California hasta San Antonio para tantear el terreno. Los vecinos y sus hijos posaron para nosotras y se involucraron en el proyecto: incluimos a personas, casas y lugares de verdad, casi como si estuviéramos haciendo un documental, y este libro se convirtió en un esfuerzo conjunto de la comunidad.

Me gustaba la idea de que las imágenes contaran otra historia sobre la gente de San Antonio, una historia de culturas que chocan para dar origen a algo nuevo: gente de pelo rubio, apellido alemán y con nombre de pila español, heredado de una abuelita mexicana de varias generaciones atrás. Tejanomexicanos de rasgos árabes e indígenas y un apellido escocés. Católicos ultra devotos de raíces sefarditas. Historias que el Álamo olvida recordar.

Somos una especie de aldea, con casotas y casitas, hogar de herederos así como de gente que tiene que tomar el autobús para ir a comprar el mandado. Tenemos casas con banderas estadounidenses y letreros hechos en casa. "Dios bendiga al soldado Manny Cantú". "Traigan a las tropas a casa ahora". "Por favor no deje que su perro haga popó en mi jardín".

Quise que tanto la historia como las ilustraciones capturaran la belleza excéntrica de lo rascuache, de cosas hechas con materiales a la mano, arquitectura chida y jardines chidos, maneras creativas de ingeniárselas, porque me parece que eso es lo particularmente maravilloso de San Antonio.

Supe mientras escribía este cuento que me estaba ayudando a volver a mí misma. Es esencial crear algo cuando el espíritu se está muriendo. Sin importar qué. A veces sirve dibujar. A veces sembrar un jardín. Otras veces hacer una tarjeta del Día de San Valentín. O cantar o elaborar un altar. Crear nutre el espíritu.

He vivido en mi barrio durante más de veinte años, más tiempo del que he vivido en cualquier otra parte. El pasado abril, justo cuando la gente le daba una mano de pintura a sus porches y podaba sus jardines para el desfile anual de King William, mi vecino, el reverendo Chavana, murió de pronto. Su familia me pidió que escribiera un elogio. No soy capaz de guisar algo, pero me sentí útil en un momento en que por lo general me siento inútil, y eso me hizo sentir agradecida.

No es posible sobreponerse a la muerte, sólo aprender a viajar a su lado. Esta desconoce el tiempo lineal. A veces el dolor es tan reciente como si acabara de suceder. A veces es un espacio que toco con mi lengua a diario como el hueco de una muela.

Digan lo que digan, puede que algunos duden de la existencia de Dios, pero todo el mundo está seguro de la existencia del amor. Hay algo ahí, entonces, más allá de nuestras vidas, que a falta de mejor nombre llamaré espíritu. Algunos lo conocen bajo otros nombres. Yo solo lo conozco como amor.

AGRADECIMIENTOS

Gracias a mis queridos vecinos y amigos que se tomaron el tiempo para posar o inspirar este cuento. En primer lugar a Rosalind Bell, quien lo vivió. Y a Blanca Bolner Bird y su hija Eleanor, Penny Boyer y Lydia Sánchez, Antonia Castañeda, Theresa E. Chavana y familia, David A. Chávez, Olivia Doerge, Issac Flores, Josephine F. Garza, Helen G. Geyer, René Guerrero, Rodolfo S. López, Carolyn Martínez, Rolando Mata y su hijo Roland Mata, Craig Pennel, Gloria Ramírez, Irma Carolina Rubio, William Sánchez, Beverly Schwartzman, John M. Shirley Jr., Roger S. Solís, John Stanford, Brad y Dina Toland y sus hijos Alec y Maddie, Mike Villarreal y Jeanne Russell y sus hijos Bella y Marcos, Anne Wallace y, por último, la verdadera María. Por darme la libertad de imaginar tu historia, hago una caravana de agradecimiento.

Quiero agradecer a la maestra Elena Poniatowska su generosidad por prestarme sus palabras de *La flor de lis*.

Les doy las gracias a mis cuates de Macondo, que hacen de mis revisores personales: Dennis Mathis, Kristin Naca, Erasmo Guerra y Ruth Béhar. Por su fe y su visión me siento bendecida por mi agente Susan Bergholz y mi editora Robin Desser. Liliana Valenzuela una vez más iluminó mi obra con su resplandeciente traducción; como siempre lo hizo con oído de poeta, velocidad de colibrí y paciencia de Buda. Gracias a Olivia Doerge e Irma Carolina Rubio por su tierno cuidado durante me tiempo de duelo. Por último, ¿cómo fue que convencí a Ester Hernández de ir más allá de lo conocido? Quién sabe, pero *good lucky*, como decía mi mamá.

Gracias, San Antonio. Gracias a la vida.

—SANDRA CISNEROS

Gracias, Sandra, por ser una hermana y comadre al honrarme y confiarme las ilustraciones de tu hermosa historia, nuestra historia, lo que me permitió adentrarme en nuevos territorios de creatividad. A Susan Bergholz, nuestra agente, y a Robin Desser, nuestra editora de Knopf, por su apoyo respetuoso, sabiduría y consejos a lo largo del proyecto de este libro, que es el primero para mí. A mi hijo Jacobo, mi nuera, Kazuyo y mi nieta Anais Yuzuki, por su apoyo y cariño incondicionales. Al resto de mi familia y amigos que paciente y amorosamente me respaldaron mientras yo me "desaparecía". A todos ustedes que nos inspiraron y que posaron para nosotras, sobre todo Geri Montano, Michelle Mounton, Ana Guadalupe Avilés, Anais Tsujii Durbin, Luz Medina Hernández, Esperanza López, Sonia (SashaBlue) Martínez, Renee Peña-Govea, Maya Paredes Hernández y Buzter Chang Chidmat: no podríamos haberlo hecho sin ustedes... Gracias por creer en este libro. Y, gracias a Tonantzin/la Virgen de Guadalupe y al espíritu de mis antepasados, sé que nunca estoy sola...

—ESTER HERNÁNDEZ

Sandra Cisneros nació en Chicago en 1954. Es la autora de dos novelas, las internacionalmente aclamadas *La casa en Mango Street* y *Caramelo,* y ha sido ganadora del Premio Nápoli, nominada para el Orange Prize y preseleccionada para el premio internacional IMPAC Dublín.

Sus galardones incluyen becas en ficción y poesía del National Endowment for the Arts, el Lannan Literary Award, el American Book Award, la Medalla de las Artes de Texas y una beca MacArthur.

Otros de sus libros incluyen la colección de cuentos *El arroyo de la Llorona;* dos libros de poesía, *My Wicked Wicked Ways* y *Loose Woman;* y dos libros de literatura infantil, *Hairs/Pelitos* y *Bravo, Bruno;* así como *Vintage Cisneros*. Su obra ha sido traducida a más de veinte idiomas.

Cisneros creó las fundaciones Alfredo Cisneros del Moral y Macondo, que dan apoyo a escritores. Visítala en línea en www.sandracisneros.com.

Ester Hernández es una artista plástica reconocida internacionalmente por sus dibujos al pastel, sus pinturas y sus grabados de mujeres chicanas/latinas. Su obra está en la colección permanente del Museo de Arte Americano del Smithsonian, la Biblioteca del Congreso, el Museo de Arte Moderno de San Francisco, el Museo Mexicano de San Francisco, el Museo Nacional de Arte Mexicano de Chicago y el Museo Casa Estudio Diego Rivera y Frida Kahlo de la Ciudad de México. Sus archivos artísticos se encuentran en la Universidad de Stanford. Originaria de California, vive en San Francisco. Visítala en línea en www.esterhernandez.com

UNA NOTA SOBRE LA TRADUCTORA

Liliana Valenzuela ha traducido obras de Sandra Cisneros, Julia Alvarez, Denise Chávez, Nina Marie Martínez, Ana Castillo, Dagoberto Gilb, Richard Rodríguez, Rudolfo Anaya, Cristina García, Gloria Anzaldúa y muchos otros escritores. En 2006 recibió el premio Alicia Gordon Award for Word Artistry in Translation y fue miembro de la mesa directiva del American Translators Association. Poeta y ensayista, su obra ha aparecido en numerosas publicaciones como *The Edinburgh Review, Indiana Review,* y *Tigertail.* Originaria de la Ciudad de México, vive en Austin, Texas, con su familia y trabaja como reportera para *¡ahora sí!.* Visítala en línea en www.LilianaValenzuela .com y www.ahorasi.com